El baúl del elefante

Tracy Kompelien

Illustrated by C.A. Nobens

Translation by Anita R. Constantino, M.A.

Consulting Editors
Janna Reuter, M.A. Applied Linguistics, Gloria Rosso-White,
Lourdes Flores-Hanson, M.S.E.

ABDO
Publishing Company

Published by ABDO Publishing Company, 4940 Viking Drive, Edina, Minnesota 55435.

Printed in the United States.

Credits
English Consulting Editor: Diane Craig, M.A./Reading Specialist
Spanish Language Editorial Team: Janna Reuter, M.A. Applied Linguistics, Anita Constantino, Lourdes Flores-Hanson, M.S.E., Elba Marerro, Gloria Rosso-White
Curriculum Coordinator: Nancy Tuminelly
Cover and Interior Design and Production: Mighty Media
Photo Credits: Brand X Pictures, Digital Vision, Image100, Photodisc

Library of Congress Cataloging-in-Publication Data

Kompelien, Tracy, 1975-
   [Elephant trunks. Spanish]
El baúl del elefante / Tracy Kompelien ; illustrated by Cheryl Ann Nobens.
      p. cm. -- (Realidad y ficción. Cuentos de animales)
   ISBN-10 1-59928-675-0 (hard cover)
   ISBN-10 1-59928-676-9 (soft cover)

   ISBN-13 978-1-59928-675-4 (hard cover)
   ISBN-13 978-1-59928-676-1 (soft cover)
   I. Nobens, C. A. II. Title. III. Series.

PZ73.K656 2006
[Fic]--dc22

                                                                        2006009877

SandCastle Level: Transitional

SandCastle™ books are created by a professional team of educators, reading specialists, and content developers around five essential components—phonemic awareness, phonics, vocabulary, text comprehension, and fluency—to assist young readers as they develop reading skills and strategies and increase their general knowledge. All books are written, reviewed, and levels for guided reading, early reading intervention, and Accelerated Reader® programs for use in shared, guided, and independent reading and writing activities to support a balanced approach to literacy instruction. The SandCastle™ series has four levels that correspond to early literacy development. The levels help teachers and parents select appropriate books for young readers.

Emerging Readers	**Beginning Readers**	**Transitional Readers**	**Fluent Readers**
(no flags)	(1 flag)	(2 flags)	(3 flags)

These levels are meant only as a guide. All levels are subject to change.

REALIDAD Y FICCIÓN

Esta serie provee a los lectores principiantes que leen con fluidez con la oportunidad de desarrollar estrategias de comprensión de lectura y aumentar su fluidez. Estos libros son apropiados para la lectura guiada, compartida e independiente.

REALIDAD. Las páginas a la izquierda incorporan fotografías reales para aumentar el entendimiento de los lectores del texto informativo.

FICCIÓN. Las páginas a la derecha involucran a los lectores con un cuento entretenido y narrado el cual es apoyado con ilustraciones llenas de imaginación.

Las páginas de Realidad y Ficción pueden ser leídas por separado para mejorar la comprensión a través de preguntas, predicciones, inferencias y resúmenes. También pueden ser leídas lado a lado, en partes, lo cual anima a los estudiantes a explorar y examinar diferentes estilos de escritura.

¿REALIDAD O FICCIÓN? Este divertido examen corto ayuda a reforzar el entendimiento de los estudiantes de lo que es real y lo que es ficción.

LECTURA RÁPIDA. La versión que incluye solamente el texto de cada sección incluye reglas de conteo de palabras para la práctica de fluidez y para propósitos de evaluación.

GLOSARIO. El vocabulario de alto nivel y los conceptos son definidos en el glosario.

Un elefante adulto puede comer hasta 600 libras de zacate, ramas pequeñas y corteza de árboles cada día.

Ema le está preparando a su hijo su comida favorita, huevos revueltos con jamón. "¡Emilio, te vas a divertir tanto en el campamento!" le dice. Pero Emilio no está muy seguro de eso.

5

La trompa de un elefante incluye su nariz y labio superior. La trompa es muy sensitiva y tiene alrededor de 150,000 músculos.

Emilio quiere ir al campamento de verano, y está contento de que su amigo Elías va también. "Emilio, agarra tu baúl. ¡Ya es hora de que llegue el autobús!" llama Ema.

Los elefantes adultos pueden pesar tanto como un pequeño autobús escolar, hasta siete toneladas. Cuando nacen, los elefantes pesan alrededor de 250 libras.

Emilio y los otros acampantes ponen sus baúles en el gran autobús amarillo. Emilio le sopla a su mamá un beso desde la ventana del autobús. Está asustado por dejar a su mamá.

9

Los elefantes lloran, juegan y se ríen. Les encanta el agua y son expertos nadando.

Cuando llegan al campamento, ¡hay tanto para hacer! Los acampantes nadan, van de caminatas y juegan a la pelota. Por las noches tienen fogatas inmensas. Pero Emilio todavía se siente triste. Le quiere decir a Elías que tiene mucha nostalgia, pero Elías parece que se está divertiendo.

Los elefantes utilizan sus trompas para oler, comer, beber y lavarse.

Durante la cena, Emilio no ve a Elías. Emilio va a su cabaña y encuentra a Elías sentado en su baúl llorando. Emilio le pregunta, "¿Qué te pasa Elías?" Elías le explica que tiene nostalgia. Emilio le da un abrazo y le dice, "Yo también me siento así, pero me ayuda cuando hablo acerca de cómo me siento.
Ven, vamos a cenar."

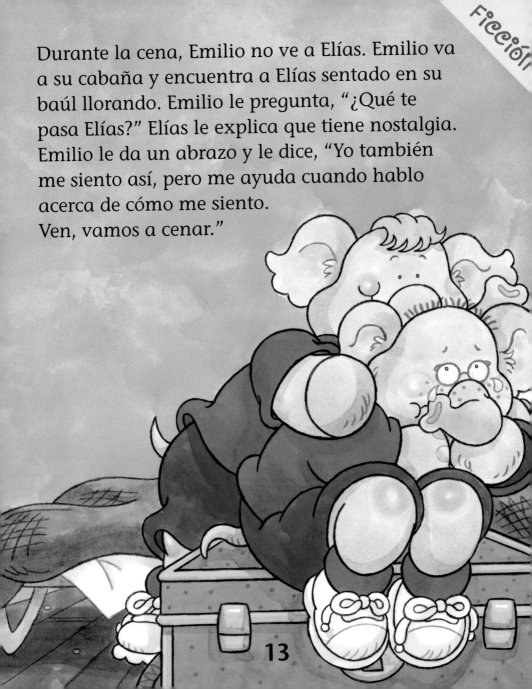

Los elefantes tienen una memoria excelente.
En la selva, los elefantes se acuerdan de otros
elefantes por muchos años.

Ahora que Emilio sabe que él no es el único que tiene nostalgia, el campamento es más divertido.

Mientras va pasando el verano, Emilio va creando muchos recuerdos agradables. Al terminar el campamento, Emilio no se quiere ir.

Los elefantes se saludan después de no haberse visto por mucho tiempo. Dan vueltas, baten sus orejas y berrean con sus trompas.

Todos los padres están esperando el gran autobús amarillo. Una vez que está a la vista, todos empiezan a aplaudir. Ema está tan entusiasmada que tiene que abanicarse para no desmayarse.

17

Los elefantes no pueden correr. Pueden
caminar de tres a cinco millas por hora.

"¡Mami!" exclama Emilio. "¡Me divertí tanto. Pero sí me hiciste falta!"

"Tú me hiciste falta también, Emilio," le dice Ema. Caminaron a su casa agarrados de sus trompas.

19

¿REALIDAD o Ficción?

Lee cada una de las siguientes oraciones. ¡Luego decide si es de la sección de REALIDAD o Ficción!

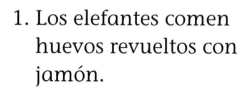

1. Los elefantes comen huevos revueltos con jamón.

2. Los elefantes no pueden correr.

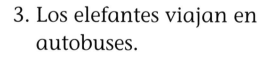

3. Los elefantes viajan en autobuses.

4. Los elefantes usan sus trompas para oler, comer, beber y lavarse.

RESPUESTAS

1. ficción 2. realidad 3. ficción 4. realidad

Un elefante adulto puede comer hasta 600 libras de zacate, ramas pequeñas y corteza de árboles cada día.

La trompa de un elefante incluye su nariz y labio superior. La trompa es muy sensitiva y tiene alrededor de 150,000 músculos.

Los elefantes adultos pueden pesar tanto como un pequeño autobús escolar, hasta siete toneladas. Cuando nacen, los elefantes pesan alrededor de 250 libras.

Los elefantes lloran, juegan y se ríen. Les encanta el agua y son expertos nadando.

Los elefantes utilizan sus trompas para oler, comer, beber y lavarse.

Los elefantes tienen una memoria excelente. En la selva, los elefantes se acuerdan de otros elefantes por muchos años.

Los elefantes se saludan después de no haberse visto por mucho tiempo. Dan vueltas, baten sus orejas y berrean con sus trompas.

Los elefantes no pueden correr. Pueden caminar de tres a cinco millas por hora.

9
18
28
38
40
48
55
63
73
78
86
89
98
107
108
117
127
130
139
144

Ema le está preparando a su hijo su comida   9
favorita, huevos revueltos con jamón. "¡Emilio, te vas   17
a divertir tanto en el campamento!" le dice. Pero   26
Emilio no está muy seguro de eso.   33

Emilio quiere ir al campamento de verano, y está   42
contento de que su amigo Elías va también. "Emilio,   51
agarra tu baúl. ¡Ya es hora de que llegue el autobús!"   62
llama Ema.   64

Emilio y los otros acampantes ponen sus baúles en   73
el gran autobús amarillo. Emilio le sopla a su mamá   83
un beso desde la ventana del autobús. Está asustado   92
por dejar a su mamá.   97

Cuando llegan al campamento, ¡hay tanto para   104
hacer! Los acampantes nadan, van de caminatas y   112
juegan a la pelota. Por las noches tienen fogatas   121
inmensas. Pero Emilio todavía se siente triste. Le   129
quiere decir a Elías que tiene mucha nostalgia, pero   138
Elías parece que se está divirtiendo.   144

Durante la cena, Emilio no ve a Elías. Emilio va a   155
su cabaña y encuentra a Elías sentado en su baúl   165
llorando. Emilio le pregunta, "¿Qué te pasa Elías?"   173
Elías le explica que tiene nostalgia. Emilio le da un   183
abrazo y le dice, "Yo también me siento así, pero me   194
ayuda cuando hablo acerca de cómo me siento. Ven,   203

22

vamos a cenar."

Ahora que Emilio sabe que él no es el único que tiene nostalgia, el campamento es más divertido.

Mientras va pasando el verano, Emilio va creando muchos recuerdos agradables. Al terminar el campamento, Emilio no se quiere ir.

Todos los padres están esperando el gran autobús amarillo. Una vez que está a la vista, todos empiezan a aplaudir. Ema está tan entusiasmada que tiene que abanicarse para no desmayarse.

"¡Mami!" exclama Emilio. "¡Me divertí tanto. Pero sí me hiciste falta!"

"Tú me hiciste falta también, Emilio," le dice Ema. Caminaron a su casa agarrados de sus trompas.

acampante. alguien que duerme en una carpa o en una cabaña y hace fogatas para calentarse y para cocinar

experto. muy hábil, capaz de hacer algo muy bien

Ir de caminata. tomar una larga excursión a pie, especialmente por el campo

recuerdo. tener en la memoria algo que sucedió en el pasado

nostalgia. cuando a alguien le hace falta su familia o un miembro de su familia, mientras no está con ellos

sensitivo. el poder detectar o responder a condiciones muy delicadas

trompa. la nariz larga de un elefante

To see a complete list of SandCastle™ books and other nonfiction titles from ABDO Publishing Company, visit www.abdopublishing.com or contact us at: 4940 Viking Drive, Edina, Minnesota 55435 • 1-800-800-1312 • fax: 1-952-831-1632